DOM PÈDRE,

A

INÈS DE CASTRO.

HÉROÏDE.

Par M. BERTHRE DE BOURNISEAUX,

Du Musée de Paris , & Correspondant de ceux de Toulouse & de Bordeaux.

A MADRID,

Et se trouve A PARIS,

Chez DEBRAI, Libraire, au Palais-Royal, Nº. 235.

Et chez les MARCHANDS DE NOUVEAUTÉS.

M. DCC. LXXXVIII.

A

MADAME

LA COMTESSE DE J. A. **.

M*adame la Comtesse*,

La permiſſion que vous m'accordez aujour-
d'hui, met le comble aux bontés dont vous
m'honorez. L'illuſtre nom qui paroît à la
tête de cette Héroïde, ſemble me promettre
d'avance qu'elle aura quelque ſuccès ; elle
en aura ſans doute un bien grand à mes yeux,
ſi vous daignez l'agréer, & regarder l'of-
frande que je vous en fais comme un témoi-
gnage du profond reſpect avec lequel

J'ai l'honneur d'être,

Madame la Comtesse,

Votre très-humble &
très-dévoué ſeviteur
Berthrede Bournieaux.

AVANT-PROPOS.

Tout le monde connoît l'aventure touchante d'Inès de Castro, ses amours avec Dom Pèdre, & la fin tragique de cette Amante infortunée. Je n'entrependrai donc point ici de faire le détail de ses malheurs. Cependant comme il pourroit se trouver des personnes, qui n'auroient qu'une connoissance insuffisante de son histoire, j'ajouterai à ce que je dis dans mon Argument, qu'Inès de Castro, issue d'une des plus anciennes familles de Portugal, vivoit, suivant la plupart des Auteurs, dans le treizième siècle. Ses Parens, attachés à son éducation, l'avoient, pendant long-tems, éloignée de la Cour; mais dès qu'elle y parut elle effaça bientôt toutes ses rivales; Dom Pèdre, l'héritier présomptif de la Couronne de Portugal, la vit, l'aima, & eut le bonheur de ne la pas trouver insensible à son ardeur. Il trouva le moyen de s'évader avec elle de la Cour, & d'aller se cacher dans un Château isolé, bâti sur les bords du Mondego; c'est-là

qu'un hymen secret cimenta leur union.
Il y resta quelque tems inconnu à toute la
terre, ne vivant que pour Inès, mettant
tout son bonheur dans sa possession. Mais
ces jours paisibles & sans nuage disparurent
bientôt; Alphonse apprit enfin leur retraite;
craignant que les plaisirs de l'amour n'éner-
vassent le courage de son fils, il entreprit
de le séparer de son Amante, & de le rendre
à la gloire, qu'il sembloit avoir oubliée
dans ses bras. Il propose à Dom Pèdre les
partis les plus avantageux; mais ce tendre
Amant inébranlable, refuse de porter d'autres chaînes que celles de l'Amour; alors
Alphonse irrité, ordonne qu'on lui amène
Inès. Inès, arrachée des bras de son Amant,
se présente au Roi avec l'appareil le plus
touchant. Alphonse ne peut résister à la vue
de tant de charmes : une voix secrette lui
parle en faveur de l'innocence; déjà des
larmes couloient de ses yeux; encore un
moment Inès triomphoit : quand, indignés
de la foiblesse du Roi, ses barbares Courti-
sans tirent leur glaive, & percent de mille
coups cette victime innocente, qui n'avoit

d'autre crime que celui de l'amour le plus
légitime. Telle fut la fin tragique de cette
Amante malheureuse, si digne d'un meilleur
sort. Elle tombe sous les coups de ces
Chevaliers dont le nom seul sembloit de-
voir la garantir d'une mort aussi affreuse.
Telles étoient pourtant les mœurs de ces
tems que l'on ne cesse de nous vanter.

Ce sujet intéressant, déjà traité avec
tant de succès par l'Auteur de la Lusiade,
a été, pour M. de la Motte, celui de la
touchante Tragédie *d'Inès de Castro*.

Après ce que ces deux Auteurs en ont
écrit, puis-je espérer que le Lecteur me
pardonne d'avoir voulu semer ainsi quelques fleurs sur le tombeau de cette Amante
infortunée. Si quelques motifs pouvoient
le déterminer à l'indulgence, qu'il sache que
c'est à l'âge de dix-huit ans, que l'Auteur,
frappé de la triste situation de Dom Pèdre,
confiné dans un Château, qui, depuis qu'on
lui a enlevé Inès, n'est plus pour lui qu'une
affreuse prison, entreprend d'en faire une

efquiffe fans doute bien foible. Si cependant l'on y apperçoit quelques germes de talent, il ôfe efpérer qu'on voudra bien l'encourager.

Je n'entreprendrai point ici de juftifier les défauts qui fe trouvent dans cette Héroïde ; il y en a fans doute plus que le Lecteur ne pourroit s'imaginer. Mais reçu à dix-huit ans dans une Société Littéraire de Paris, auffi refpectable par la qualité de fes Membres que par leur profonde érudition, j'efpère profiter de fes leçons pour corriger les défauts inféparables de mon âge.

Je ne cherche qu'à m'inftruire, ce defir eft bien propre à m'attirer l'indulgence de tous ceux qui daignent encourager le germe des talens.

C'eft à vous fur-tout, Sexe aimable, qui faites à-la-fois le charme & le bonheur de la vie, que fe recommande un jeune Auteur qui ne peut ni ne doit efpérer qu'en vous ; il vous confie fon ouvrage avec

aſſurance, perſuadé que votre jugement luĩ
ſera favorable, s'il eſt dicté par votre cœur.
Si l'on refuſe à mon Héroïde des ſuffrages,
qui ſans doute ne lui ſont pas dûs, on ne
pourra du moins s'empêcher de louer mon
diſcernement. Pouvois-je choiſir de meil-
leurs Juges du ſentiment que celles qui le
font naître.

ARGUMENT.

D OM PEDRE, inconsolable de la perte qu'il vient de faire, s'occupe de sa douleur ; il se rappelle d'abord le tems heureux où son cœur, libre encore, ne connoissoit pas la funeste passion qui le consume. Il développe ensuite l'histoire de ses Amours avec Inès : il songe aux jours heureux qu'il a passé avec elle, & ce souvenir plein d'amertume ne fait que l'affliger davantage. Au milieu de ces tristes pensées, une soudaine & heureuse illusion lui représente son Amante ; il croit la revoir, il lui adresse les plus tendres discours, comme si réellement elle étoit présente à ses yeux. L'illusion se dissipe par dégrés ; le malheureux Dom Pédre sent enfin que ce n'est qu'un songe ; il finit en conjurant l'Amour de le réaliser.

DOM PÈDRE

A INÈS DE CASTRO.

En vain jufqu'à ce jour où mon fenfible cœur,
Puifa dans tes regards un poifon féducteur,
Aux traits du tendre amour toujours inacceffible,
A la feule amitié mon ame étoit fenfible :
Tu parus, belle Inès, & ton premier afpect
A-la-fois m'infpira l'amour & le refpect :
Des tranfports inconnus vinrent troubler mon ame,
Tous mes fens embrâfés d'une fubtile flâme,
D'un délire amoureux fentirent la douceur,
Et dans tes yeux, Inès, trouvèrent un vainqueur.
Dès-lors, tout occupé de l'objet qu'il adore,
Mon cœur cède fans peine au feu qui le dévore;
Comme un torrent rapide, il s'accroît chaque jour,
Quoique Pèdre fentit qu'il aimoit fans retour.
Bien loin d'imaginer que l'amour eut des peines,
Il cheriffoit, que dis-je, il adoroit fes chaînes.
Hélas ! que n'a-t-il pu conferver fon erreur !
Deftin, Auteur cruel du trouble de mon cœur,
Au Trône de Lufus pourquoi me fis-tu naître ?
Ah ! bien loin d'afpirer à commander en Maître,
Je préfère à ce nom l'efclavage & les fers ;
Inès feule, eft pour moi plus que tout l'Univers.

Cependant accablé du trait qui me déchire,
De mon amour en vain je cherchois à t'inſtruire.
Vingt fois à t'en parler ma bouche s'apprêta,
Sur mes lèvres vingt fois ma langue s'arrêta.
Lorſque l'on aime, hélas ! Inès, qu'on eſt timide ;
Un Amant trop hardi, n'eſt qu'un Amant perfide :
Tu liſois dans mes yeux, je liſois dans ton cœur,
Et je n'ôſois pourtant parler de mon ardeur.
Ainſi pendant long-tems s'exerça ma conſtance :
Enfin, ſûr de périr, en gardant le ſilence,
Je parlai, je te vis, par un retour heureux,
Sourire à mon amour, encourager mes feux.
Alors, dès ce moment, rempli de mille charmes,
Tout ſembloit de mon cœur diſſiper les alarmes ;
Cependant, l'avourai-je ? Inquiet, agité,
Mon cœur craignoit encor de s'être trop flatté.
Quand ce moment heureux, où j'aſpirois ſans ceſſe,
Où le plus doux aveu couronna ma tendreſſe,
Parut, & tout-à-coup diſſipa mon erreur.
Contre l'amour en vain combattit la pudeur :
» Dom Pèdre, me dis-tu, ſois heureux : oui je t'aime ».
Alors Pèdre, enyvré de ſon bonheur ſuprême,
Te ſerra dans ſes bras, te preſſa ſur ſon cœur,
Et d'un Amant heureux ſavoura le bonheur.
Que vous paſſâtes vîte, inſtans remplis d'ivreſſe,
Où de nos yeux couloient des larmes de tendreſſe,
Où nos cœurs, au milieu d'un doux épanchement,
De s'adorer toujours ſe faiſoient le ſerment.
Au ſein des doux plaiſirs d'une union parfaite,
Dom Pèdre étoit heureux, tu vivois ſatisfaite :
Tous nos jours ſe levoient ſereins & radieux ;
L'amour & le bonheur ſe peignoient dans nos yeux.
Qu'êtes-vous devenus, jours heureux pleins de charmes,

Dont la perte à mon cœur a coûté tant de larmes ?
Ne reviendrez-vous plus pour calmer ma douleur ?
Et toi, si tu ne rends Inès à mon ardeur,
Amour, dès cet instant, j'abjure ton empire....
Que dis-je ! tendre objet pour qui mon cœur soupire,
N'en crois pas ton Amant, il n'oubliera jamais
Des nœuds qu'amour pour lui forma si pleins d'attraits.
Empreinte dans mon cœur, ton image éloquente
A mes yeux attendris sans cesse te présente.
Depuis l'instant fatal où le destin jaloux
Vint arracher mon cœur à des plaisirs si doux,
Je traînai loin de toi la plus triste existence :
Ces beaux lieux, qu'autrefois animoit ta présence,
Tout-à-coup ont perdu leurs charmes séduisans ;
Et les tendres oiseaux, dans nos bois languissans,
Interrompant pour toi leurs amoureux ramages,
Poussent des cris plaintifs sous nos tristes ombrages.
Flore, dans nos jardins, sensible à mes douleurs,
Semble de son empire avoir terni les fleurs :
La rose, à mes regards sans éclat, pâlissante,
Vers la terre a courbé sa tige languissante,
Et le Lis, ornement de ces bosquets obscurs,
Pour Dom Pèdre a perdu ses parfums les plus purs.
A mes tristes accens, Écho, plaintive Amante,
Écho, sent dans son cœur sa flâme renaissante ;
Et ses cris répétés au milieu des forêts,
Te rappellent en vain sous ces sombres bosquets.
Tendre Écho, retiens bien le nom de mon Amante ;
Puisse-tu, nuit & jour, de ta voix défaillante,
Prolonger les accens de mon cœur affligé !
Peut-être que ce gouffre, où je me vois plongé,
Pourra...... Mais quel espoir abuse ma tendresse ?
Mon père ! c'est à toi que mon amour s'adresse.
Si le Maure, expirant sous ton glaive vainqueur,

Rendit , plus d'une fois , hommage à ta valeur .
Si du jufte opprimé tu fervis la vengeance ,
Daigne accorder auffi la vie à l'innocence ;
Puiffe un Amant en pleurs , puiffe un fils te fléchir !
Barbare ! quoi , ce nom ne fauroit t'attendrir ?
O pleurs ! ô défefpoir ! ô trifteffe impuiffante !
Que deviendrai-je , hélas ! féparé d'une Amante ?
Dans quels lieux ifolés porterai-je mes pas ,
Qui n'offrent à mon cœur un objet plein d'appas ?
Ces bofquets , ces Jardins , cette rive fleurie ,
Semblent me préfenter une Amante chérie :
Tout , jufqu'au fouvenir de nos jeux innocens ,
En rallumant ma flâme irrite mes tourmens.
Ainfi donc adorant un fi doux efclavage ,
Dom Pèdre dans fon cœur conferve ton image.
Oui c'eft toi , chère Inès , qu'appelle ton Amant ,
C'eft toi qu'à chaque jour , c'eft toi qu'à chaque inftant,
Au Ciel importuné redemande ma flâme !
Dans les tranfports brûlans qui confument mon ame ,
Rien n'a pu jufqu'ici foulager ma douleur :
Les plus cuifans foucis & le chagrin rongeur ,
Exercent dans mes fens le plus affreux ravage ;
Pèdre , loin de gémir d'un fi dur efclavage ,
Semble occupé fans ceffe à refferrer fes nœuds ;
Il foupire , il t'appelle ; il eft moins malheureux .
Arrofé de fes pleurs , qu'il leur trouve de charmes ,
Quand il fonge à l'objet qui fait couler fes larmes !
C'eft ainfi que mon cœur chériffant fes ennuis,
Jufques dans les horreurs des plus profondes nuits ;
Au coucher du Soleil , au lever de l'Aurore ,
Croit fans ceffe revoir l'Amante qu'il adore.
Tout femble confpirer à tromper mon amour :
Que dis-je ! en cet inftant ; ô trop fortuné jour !
Eft-ce une illufion qui m'abufe & m'enchante ?

Eſt-ce toi, chère Inès ? eſt-ce-toi , tendre Amante ?
Puis-je encor te preſſer ſur mon cœur palpitant ?
Reſſens-tu tous les feux dont brûle ton Amant ?
Amour , c'en eſt donc fait , tu finis mon martyre ;
De mes ſens égarés ce n'eſt plus un délire....
Inès , oui c'eſt bien toi que je ſerre en mes bras....
O jour de mon bonheur ! ô moment plein d'appas...
Quoi ! je vais t'embraſſer , tendre objet de ma flâme,
Reſpirer tous les feux qui conſument ton ame.
Enfin l'Amour te rend à ma brûlante ardeur ;
Tout ce que je reſſens va paſſer dans ton cœur.
Dans mes yeux enflammés tu pourras lire encore
Mes tranſports , & l'ardeur du feu qui me dévore :
A ces traits pourras-tu méconnoître un Amant.....
Mais quel trouble ſecret ! ciel , quel tranſport brûlant !
Mon ame ſecondant ton ardeur & la mienne,
Sur des aîles de feu s'élance dans la tienne,
Se mêle, ſe confond , & goûte dans ce jour ,
Ce qu'un délire heureux peut permettre à l'amour.....
Mais quel ſoudain revers ! En vain ma main tremblante
Veut preſſer ſur mon ſein ma fugitive Amante....
Quoi ! tu t'échapperois à mes embraſſemens ?
Cruelle ! ah ! connoîs mieux ma flâme & mes tourmens....
Arrête ; à tes genoux Dom Pèdre t'en ſupplie.
Si tu fuis ton Amant , c'en eſt fait de ſa vie :
Conſidere du moins.... Quoi ! rien ne te fléchit.....
Tu pars ? Ciel ! Pèdre expire , & ſon ame te ſuit.
Chère Amante, attends-moi , daigne accorder encore
Cette unique faveur à celui qui t'adore.
Je ne rappelle point ces mutuels ſermens
Que l'amour nous dictoit dans ces heureux momens,
Lorſque nos cœurs, plongés dans un tendre délire,
Sembloient , dans leurs regards, confondre leur martyre.
Ingrate ! ces doux nœuds, tu les as tous rompus,

Ces inſtans fortunés pour jamais ſont perdus.
Ce n'eſt plus comme Amant que ma flâme t'implore ;
Quoi ! me punirois-tu de ce que je t'adore ?
Ah ! ſi mon déſeſpoir peut encor t'attendrir,
Vois du moins à tes pieds ton tendre Amant périr !
Arrête........ Mais le Ciel me ravit mon Amante ;
Rien ne peut retenir mon ame languiſſante.
Je me meurs..... Ciel.... Où ſuis-je ? O preſtige trompeur !
Chère Inès , qui pourra te rendre à mon ardeur.....
Mais plutôt, douce erreur, non, tu n'es qu'un vain ſonge
A mes yeux éblouis , diſparois, vain menſonge...
Que dis-je ? ah ! viens encor, viens , fântôme charmant !
Abuſer mon amour ; ne fut-ce qu'un moment.....
Toi qui règne au couchant , toi qui règne à l'Aurore,
Puiſſant Amour, c'eſt toi que ma tendreſſe implore ;
Toi ſeul peux diſſiper le trouble de mon cœur ;
Et me rendant Inès, me rendre le bonheur.
Hélas ! quel autre Amant, de ta pitié plus digne ,
Mérita, plus que moi, cette faveur inſigne !
Si jamais, entraîné par d'inconſtans deſirs,
Pèdre, à d'autres Beautés adreſſa ſes ſoupirs,
S'il porta d'autres fers que ceux de ſon Amante,
Juſte Dieu, punis-moi , mon ame obéiſſante
S'offrira, d'elle-même, à ton courroux vengeur ;
Mais ſi mon cœur conſtant mérita ta faveur,
Fais renaître pour moi ce jour ſi plein de charmes,
Où l'objet de mes vœux , baigné de douces larmes,
Par un tendre baiſer couronna nos amours.....
Moment qui dans mon cœur eſt gravé pour toujours,
Faut-il te rappeller à mon ame attendrie ;
Avant que d'embraſſer cette Amante chérie,
Lorſque je m'approchai, mon ſang bouillant d'ardeur
Vers un baiſer ſi doux , précipita mon cœur.
D'avance ſavourant mille douceurs charmantes,

Mon ame s'élança fur mes lèvres brûlantes......
Et mon cœur épuifé d'un excès de plaifir,
Ne laiffoit à mes fens que le dernier foupir.
Trop heureux mille fois , ô fort digne d'envie ,
Si , preffé dans fes bras , j'euffe rendu la vie ;
Si , pâmé de plaifir , fur fa bouche expirant ,
J'euffe pu, tout-à-coup , mourir en l'embraffant....
Hélas ! c'eft à toi feule de couronner ma flâme ;
Amour , porte à l'objet qui règne fur mon ame
Le gage non douteux des tourmens de mon cœur.
Peins-lui mes doux tranfports , peins-lui ma vive ardeur...
Dis-lui que fon Amant , que ce cœur qui l'adore
Nourrira dans fon fein le feu qui le dévore ;
Et du tendre Dom Pèdre , Interprète éloquent ,
Vas jurer à fes pieds l'Amour le plus conftant.

www.ingramcontent.com/pod-product-compliance
Lightning Source LLC
LaVergne TN
LVHW010059060726
842524LV00006B/2254